Une semaine à Cap Maudit

COLLECTION « PETIT POINT LOUFOQUE »
DIRIGÉE PAR NICOLE VIMARD

Maquette : Sara Vimard
Impression : Aubin Imprimeur
Dépôt légal : septembre 1994
ISBN : 2 02 019630-1
N° 19630-1
P 45 975
Loi 49-956 du 16 juillet 1949 sur
les publication destinées à la jeunesse.
Imprimé en France

Azouz Begag
Catherine Louis

Une semaine à Cap Maudit

Seuil

ATTENTION
SOLEIL

C'était la première fois que j'allais à la mer.

La mer! Juste à balader le mot sur mes lèvres, j'avais déjà l'eau à la bouche. Il faisait tellement chaud à Lyon, je m'embêtais tellement à la maison, à jouer avec les poupées et faire des dessins, que l'idée de la fraîcheur marine me remplissait de bonheur.

Quand maman m'a annoncé qu'une copine de travail acceptait de lui prêter sa maison pendant la deuxième semaine d'août, au bord de la plage, j'étais aux anges. J'étais si emballée que je sautais sur le lit les deux pieds joints en criant : « Chouette, maman! Chouette, maman! » et ma maman me disait en riant : « Arrête de t'exciter, tu vas te faire mal. »

J'étais vraiment grisée de joie. Je rebondissais toujours et toujours, comme une folle. Je suis tombée sur les carreaux. Vlan! Sur le bras. Je me suis foulé la main. Il a fallu m'emmener à l'hôpital pour faire une radio. Heureusement, rien n'était cassé. Rien qu'une foulure. Ouf!

— C'est vraiment pas le moment de se casser la figure, a dit ma mère. Mais fais attention, bon Dieu !

Avec deux jours de retard seulement, nous sommes partis pour la mer. Sur l'autoroute, il y avait des milliers et des milliers de voitures qui roulaient dans le même sens que nous. Des voitures de tous les pays du monde. Sur leurs plaques d'immatriculation, je pouvais lire : NL, D, I, S, N… ça veut dire Hollande, Allemagne, Italie, Suède, Norvège… C'est bien de rouler dans les bouchons, on apprend plein de choses sur l'Europe.

Les vacances instructives commençaient bien.

Dans la voiture, il faisait une chaleur infernale. Heureusement, papa-intelligent avait demandé à pépé de lui prêter un ventilateur qui se branche sur l'allume-cigare pour aérer l'intérieur. Quelle bonne idée ! Quel papa préventif ! Pendant que nous roulions, papa-intelligent a posé le ventilateur sur la banquette où j'étais confortablement installée, pour orienter la fraîcheur vers moi. Maman voyait cette manœuvre d'un mauvais œil.

— Attention, elle risque de mettre les doigts dedans ! elle a averti.

— Pouhh ! a fait papa-intelligent. Ça risque ABSOLUMENT rien. Ces moteurs-là, tu mets le doigt dedans, ils s'arrêtent tout seul. T'as qu'à essayer.

Maman a mis le doigt pour arrêter l'hélice du ventilateur. Elle a hurlé de douleur. L'hélice ne s'est pas arrêtée mais elle a emporté un bout de phalange de maman dans sa tournée. Ça saignait dur. Maman pleurait de douleur. Papa-intelligent avait l'air très embêté en conduisant. Il ne savait plus s'il fallait regarder la route ou le doigt de maman. Heureusement la pharmacie de secours était dans la boîte à gants. Maman s'est soignée en répétant mille fois :

— Mais pourquoi je continue de l'écouter ?! mais POURQUOI ?!

Quelques centaines de kilomètres plus loin, ça allait mieux. Papa-intelligent conduisait bien, tranquille, il a commencé à répéter « Faut rester cool », à rouler à 60 km/h sur la file de gauche, celle où les bolides passent à 200 km/h. Alors plein de voitures qui voulaient nous doubler, enfin leurs chauffeurs, éclairaient notre voiture avec leurs phares, s'approchaient à un mètre de notre pare-chocs arrière et certains même nous klaxonnaient. Sur le pare-brise arrière, nous avions pourtant mis l'annonce : « Baby on board ! » qui veut dire qu'il y a un paquet fragile dans la voiture, mais les chauffeurs des bolides qui voulaient nous doubler n'avaient apparemment rien à faire des « Baby on board ! »

Papa-intelligent restait sur sa file et nous servait des « Faut rester cool » en souriant. Il s'en fichait des autres.

— Comment ça va, ton doigt ?

Maman avait décidé de ne plus parler.

Maintenant, les bolides nous doublaient donc sur la droite, là où c'est dangereux. Quand ils passaient à notre hauteur, je voyais la tête des chauffeurs, moustachus et lunettes de soleil sur le nez. Je voyais aussi leur doigt levé en l'air, comme s'ils disaient à mon père de regarder les avions dans le ciel. Leurs lèvres crachaient du venin.

— Ils ont dû me voir à la télé, ces gens, disait mon père, en riant. Ils ont vraiment l'air de me connaître.

Un petit coup d'œil à maman.

— Comment va le doidoigt ?

— Regarde la route ! elle a répondu. On a assez eu de malheurs comme ça. Entre ELLE et toi, je suis servie…

ELLE, c'est moi. Maman parle de ma chute du lit.

Papa-intelligent a ouvert sa fenêtre et maman aussi, en même temps. Un courant d'air a emporté dans la nature quelques papiers. Maman était très mécontente. Papa a dit qu'il n'y avait rien d'importante dans les papiers balayés par le mistral. Faut rester cool.

Plus loin, il a mis la radio. Maman l'a coupée en prétextant qu'il y avait trop de bruit. Moi je voulais écouter quelques-unes de mes cassettes pour enfants, mais le magnétophone de la voiture ne fonctionnait plus depuis deux ans. Papa-intelligent devait le réparer un jour. Plus de musique.

Les chauffeurs sur l'autoroute ne sont pas tous propres. J'en ai vu un qui a ouvert sa vitre devant nous et il a vidé son cendrier dans le vent. Les mégots sont tombés sur notre pare-brise. Maintenant j'ai pensé qu'on pouvait appeler ça notre pare-cendres. (Papa-intelligent ne fume plus depuis deux ans. C'est un bon papa. Dans le cendrier de la voiture, maintenant il met des sous pour payer le péage.)

Péage à 1 000 mètres ! Ralentissez !

Nous allions quitter l'autoroute du Soleil. Mais avant il fallait passer par le péage, c'est-à-dire des centaines de voitures de tous les pays d'Europe qui se suivaient pare-chocs contre pare-chocs en attendant d'arriver devant les caisses et d'être libérées.

— Oh, non, c'est pas possible ! a crié papa-intelligent. Mais où ils vont, tous ces COINS ! (J'ai ajouté une lettre pour ne pas avoir à écrire de gros mots. Mais j'espère que tout le monde comprendra ce que mon papa-intelligent veut dire par là ! *Note de l'auteur.*)

— Faut rester cool, a assené ma mère qui ne rate jamais une occasion de marquer un point contre papa-INTELLIGENT.

Il a ri (un peu).

Bon, alors nous avons pris notre mal en patience. Nous étions vraiment sur l'autoroute du Soleil, autoroute de la Chaleur, autoroute de la Grande Cuisson. Je brûlais littéralement, assise sur la banquette arrière.

Papa-intelligent est sorti pour installer une serviette entre la porte et la vitre de la voiture. Derrière, trois chauffeurs ont profité de cet intermède pour passer devant papa-intelligent.

Comme ils avaient l'air déterminés, papa-intelligent n'a pas insisté. Il a dit... « Faut rester cool. » Enfin, en vérité, maman l'a devancé en riant. Trente zéro pour maman.

Parvenus devant la caisse, au bout d'une pénible demi-heure (il faut beaucoup de temps aux étrangers pour convertir mentalement leurs devises en francs français! « Et puis il y en a qui sont plus lents que d'autres ! » a commenté papa-intelligent), papa-intelligent s'est tranquillement tourné vers maman.

— Tiens, tu me passes le ticket, s'te plaît !

— Quel ticket ? elle fait avec ses yeux ronds.

« Bon... moi j'ai fait dans ma tête. Ça commence... »

— Le ticket d'autoroute, a précisé mon papa-intelligent.

— Je l'ai pas. Tu me l'as jamais donné, a dit ma mère.

— Comment ? Qui c'est qui l'a, alors ?

— C'est pas moi, en tout cas ! a assuré maman.

Papa-intelligent s'est tourné vers moi.

— C'est le mistral qui l'a emporté dans la nature, j'ai dit.

Maman s'est retournée vers moi.

— Exact ! Je suis sûre qu'elle a raison.

Bien sûr que j'avais raison.

— On a perdu le ticket, qu'est-ce qu'on fait ? a dit mon père à la caissière jeune et belle. Il avait l'air bête.

Le chauffeur de la voiture de derrière n'était pas content. Il klaxonnait méchamment. D'autres l'imitaient. Mais papa-intelligent restait cool. Toute la file de voitures derrière nous klaxonnait. Ça faisait un bruit terrible, comme un mariage. Papa-intelligent s'est énervé tout d'un coup. Il est monté sur le capot de notre voiture et il a montré son bras droit, plié en deux, aux chauffeurs impatients.

Puis il s'est calmé.

La caissière du péage a dit qu'il fallait que nous payions le plein tarif pour l'autoroute. Papa-intelligent a protesté puis il a payé avec sa carte bleue. Il a demandé un formulaire pour présenter une réclamation à la société responsable des autoroutes du Soleil.

Nous sommes repartis, enfin. Fini le péage, fini les queues, fini les engueulades : vive la

mer. Le CAP MAUDIT était à portée de pneus! Maintenant nous allions être vraiment cool.

Direction Sète.

Maman n'avait plus mal au doigt. Elle a suggéré de prendre la route du littoral pour avoir la vue sur la mer, tout en roulant. Au détour d'un virage, papa-intelligent a crié : LA MER!! Et je l'ai prise en pleine figure, cette immensité bleue, plate, sans fin, avec des bateaux toutes voiles tendues à l'horizon. Superbe. J'étais déjà rafraîchie.

— Alors, tu la vois? Tu la vois? me criait papa-intelligent qui était encore plus excité que moi.

Les papas-intelligents posent parfois des questions si bêtes! (Maman dit que ce sont « les hommes » en général.)

Je m'amusais à lire sur la route les panneaux d'indication avec mes parents. Entre Sète et Marseillan, sur la nationale en ligne droite, il y en a un qui était terrifiant :

Ici sur cette route cinq morts
et quarante-trois blessés chaque année!

Il était placardé tous les cinq cents mètres.

Mes parents ont fait des remarques désobligeantes au sujet de cette information. En vacances, on veut du beau, pas du cadavre!

Tout au long de la route, j'ai vu à droite des campings et de l'autre côté la plage. Des centaines de gens traversaient en maillot de bain le bitume fumant pour aller rejoindre le sable, en face, sur lequel il y avait des milliers et des milliers de corps étendus sur des serviettes et des parasols multicolores. J'ai cru voir un champ de guerre avec tous ses morts et ses blessés. Mais j'avais ces pensées morbides à cause de l'information sur le panneau :

Ici cinq morts…

J'ai vu un véhicule vendeur de pizzas au feu de bois. Plus loin, j'ai vu un véhicule vendeur de frites.

Encore plus loin, j'ai vu un véhicule vendeur de poulets grillés – mm!!

Encore encore plus loin, j'ai vu un véhicule vendeur de glaces.

Encore encore encore plus loin, j'ai revu un véhicule vendeur de pizzas au feu de bois qui faisait AUSSI les frites et les chiens chauds.

Le sang m'est monté à la tête. Ma gorge a séché d'un coup.

— J'AI FAIM ! J'AI SOIF ! j'ai hurlé.

Mes parents ont eu carrément peur. Dans leurs yeux je voyais qu'ils pensaient que le soleil me faisait délirer. Maman m'a tendu un biscuit pour me calmer et papa-intelligent a dit que maintenant qu'on était bientôt arrivés, on n'allait pas s'arrêter.

— Tu m'achèteras une glace en arrivant, j'ai fait.

— Ouais (c'est papa-intelligent).

— OUI (maman).

Moi : Avec un Coca !

Mon papa : Non.

Moi : Pourquoi ?

Maman (elle défend papa-intelligent quand elle est contre moi) : Y'a trop de sucre dedans ; ça fait rouiller les clous ; c'est dégueulasse.

Papa (à maman) : Tu peux parler correctement !

Un point pour papa-intelligent. Ça fait trente quinze pour maman.

C'est papa-intelligent qui est au service.

Cap Maudit : 12 km.

— Pas trop tôt, a dit papa-intelligent.
— T'as pas oublié ma glace ! j'ai rappelé.

— Tu nous fait caguer avec ta glace ! s'est esclaffé papa-intelligent.

— Qu'est-ce que ça veut dire ? a demandé maman.

— C'est du provençal, a informé papa.

— Tu parles patois maintenant ? a demandé maman.

— C'est quoi patois ? j'ai tenté de m'informer.

Cap Maudit : 8 km.

Et vas-y que je t'expose mes véhicules vendeurs de pizzas au feu de bois ! Mes poulets grillés – mm ! ! –. J'ai une faim de louve.

— C'est quoi patois ? j'ai retenté de m'informer.

— Ah, celle-là, quand elle a une idée derrière la tête ! a maugréé papa-intelligent.

Il parlait de moi.

— Tu m'achèteras une glace, alors ! j'ai dit.

— Oui, a fait papa-intelligent.

— Arrête un peu, a supplié maman, tu vas énerver ton papa chéri. Il doit reste cool TOUTES SES VACANCES ! Si on commence comme ça, c'est mal parti…

— Bon, je me tais si tu m'achètes une glace AU CHOCOLAT ET À LA PISTACHE !

— D'accord chérie, a coupé maman.

INTERMÈDE

Papa-intelligent a mis la radio. Il est 13 heures.

— C'est l'heure de manger, chouette ! je me suis égayée.

— C'est l'heure des informations, a repris papa-intelligent en augmentant le son de l'autoradio qui fait pas cassette PARCE QU'IL DOIT LE RÉPARER DEPUIS DEUX ANS !

Maman s'agitait un peu sur son siège parce qu'elle n'aime pas entendre les informations pendant les vacances.

— C'est toute l'année que tu aimes pas écouter les informations, a fait remarquer papa-intelligent.

Maman est devenue rouge. C'est la haine qui montait.

— Espèce de p'tit coin !

Elle a craqué la première.

Elle a perdu.

Elle perd toujours vers la fin du match. Elle manque d'entraînement et pourtant quinze années passées avec papa-intelligent, ça devrait l'avoir entraînée !

Fin du premier set

Cap Maudit : 0,5 km.

Heureusement, ça allait dégénérer dans l'habitacle.

Menu des informations que voulait à tout prix entendre papa-intelligent : Somalie,

Yougoslavie, incendies de forêt, bouchons d'été…

— Oh, non ! a soudain hurlé papa-intelligent. Encore des bouchons ! C'est pas vrai…

Si.

Quelques dizaines de voitures et de caravanes, rien de bien sérieux, une petite heure d'attente. Maman a essayé de regarder ce qui se passait. Elle a rentré la tête.

— C'est un accident ; y'a des ambulances et des flics… elle a annoncé simplement.

Personne n'a parlé de la gravité de l'accident. Peut-être qu'il y avait des « baby on board » à l'arrière. Pas attachés…

Maman transpirait. La chaleur. Elle était fatiguée. Le voyage. Elle en avait déjà marre. Des vacances ?

Nous passons la zone de l'accident. Heureusement, papa-intelligent a rattaché sa ceinture de sécurité quand il a vu les fli… les policiers. Un réflexe. Il ne met sa ceinture que quand il voit un uniforme.

Dans l'accident, il y a des blessés graves. Papa-intelligent m'a dit de détourner mon regard, pendant que lui regardait les médecins et leur petite bouteille en l'air, affairés sur des gens mal en point.

C'est les vacances. Faut rester cool

Cap Maudit.
Ville jumelée avec Bertsuilbargliakasky.

Papa-intelligent roulait un peu vite. J'ai pas eu le temps de voir si Bertsuilbargliakasky s'écrivait avec un y ou un i, à la fin.

Tant pis. C'est pas important. J'allais pas lui demander de faire demi-tour.

Bon, maintenant il faut trouver la maison de la copine.

— La glace d'abord, j'ai fait.

— Tu nous fais caguer, toi, a craqué mon père.

— Oh, c'est pas une raison pour être malpoli comme ça, a placé maman.

Bien joué. Quinze. Mais le match était terminé!! Elle était vraiment fatiguée.

Maintenant il fallait chercher la maison sur le plan que la copine de maman avait écrit sur une feuille. Elle a posé la main à l'endroit où elle l'avait rangée.

Plus rien.

— Où est le… ? elle a commencé.
— Le mistral, j'ai conclu.
— Ah non ! a hurlé papa-intelligent en levant les bras au ciel.

Heureusement, maman se souvenait de tête du nom de la rue et du numéro. Nous avons cherché d'abord un peu comme ça, à l'aveuglette, mais l'aveuglette ça prend beau-

coup de temps, surtout quand il fait quarante degrés Celsius dans la voiture.

À l'initiative de maman, nous nous sommes arrêtés à un poste de gendarmerie nationale. Bonne idée. Elle a sonné (c'était l'heure de la sieste…) et au bout d'un moment, un gendarme a répondu dans l'interphone. Il n'avait jamais entendu parler de la rue du Cherche-Midi à Cap Maudit. Et pourtant il était dans cette ville depuis quatorze ans.

— Vous êtes sûre que c'est bien à Cap Maudit ? il a demandé.

Maman a préféré laisser tomber.

— Allô, allô ! il criait toujours, l'autre endormi.

À l'office du tourisme, on nous a dit de regarder un plan situé juste à l'entrée. Maman est ressortie, elle a trouvé le plan, laissé glisser son doigt sur les noms de rue et on l'a entendue pousser des cris étouffés.

— Tu sais pas où c'est ! elle a dit à papa-intelligent.

— Non, j'ai répondu avant lui.

Elle est remontée dans la voiture. Ça a pris quelques secondes, le temps d'un petit suspense.

— C'est juste en face de la gendarmerie !

— Bravo les flics ! a fait papa-intelligent. Et dire qu'ils n'ont pas voulu de moi au concours !

ARRIVÉE MAISON DE VACANCES

Ah, quelle maison ! Un vrai blockhaus, retiré du centre de la ville. Du béton partout. Une cour de trois mètres carrés. Heureusement, il y

avait la télé. C'est la première chose que papa-intelligent a vue et mise en service. Elle marchait pas. Le malheur ! Non seulement on allait s'ennuyer comme des malades dans ce patelin où les gendarmes ne savent même pas où ils habitent, mais en plus la télé ne marchait pas.

— T'as qu'à en acheter une, a suggéré maman ironiquement.

On a dit que le match était terminé !

Dans une chambre indépendante, j'avais un lit matrimonial. Dans l'autre chambre, attenante au salon, mes parents avaient deux lits jumeaux. Sans compter la télé qui...

Il n'était pas tard du tout. Nous avions tout l'après-midi pour faire de la bronzette sur les plages sauvages (« wild beaches », en anglais ; ça sonne bien) de CAP MAUDIT. Nous avons défait nos valises, rangé nos affaires, enfilé nos maillots de bains et en avant les plagistes !

On s'est dit : comme c'est le premier jour, on va visiter le littoral en voiture, décontractés, musique chic et vive les vacances ! Faut rester cool.

— Et viva España ! a fait papa-intelligent.

— On est en France ! a rappelé maman.

Dans la voiture, ça sentait le pain grillé. On roulait vers la plage et ça sentait vraiment le pain grillé.

— C'est marrant, a fait remarquer maman

qui avait sa vitre baissée, dehors ça sent pas le pain grillé. On dirait que c'est dans la voiture…

Le pain grillé m'a rappelé que j'avais faim.

— Et ma glace à la pistache et au chocolat ?

Maman s'inquiétait.

— Non, écoute, c'est dans la voiture, cette odeur… elle a insisté.

Papa a inspecté ses pieds, sous son siège, il est même sorti ouvrir le capot. Rien. Pour lui, c'était bien dehors. Il s'est assis à sa place, il a démarré et des flammes sont sorties de l'autoradio. Pas très grandes, mais des flammes quand même. Papa-intelligent a vite arraché le bel autoradio, sectionné les fils qui le reliaient à la batterie et il a dit :

— Maintenant je chanterai des chansons !

Il n'y aura plus de bulletin d'information en voiture.

Bonne humeur à bord.

PREMIER RAPPORT AVEC LA PLAGE

Bouchons terribles pour arriver à la plage. Des voitures partout. Des fumées de pots d'échappement, des coups de klaxon, des engueulades, des insultes, des coups d'accélérateur, enfin tout le cirque quotidien de la

ville de Lyon au mois de décembre, par exemple.

Ambiance dépaysante! GRISANTE!

Nous avons trouvé une belle place pour garer la voiture. D'accord, en plein soleil, mais une belle place quand même. Faut pas toujours se plaindre non plus!!

La plage, mon DIEU!!!!!!!!!!!!!!!!!!!

On ne voyait plus le sable, tellement il y avait de la peau et de la viande d'êtres humains.

Côte à côte : c'était bien le cas de le dire. Bifteck contre bifteck. Fesse à fesse. Transpiration. Odeurs. Bruits.

Papa-intelligent était abattu. Il allait presque pleurer.

— C'est pas vrai! Je rêve ou quoi?

Il se tenait la tête.

— T'avais qu'à nous prévoir un voyage aux CARAAAÏBES ! s'est défendue maman.

— Pourquoi tu te sens toujours agressée ? a demandé mon père fatigué.

Elle n'a rien dit. Nous avons posé nos serviettes par terre, sur le sable, je crois. À moins qu'il y ait eu quelqu'un dessous, mais nous n'avons entendu aucune réclamation. Plusieurs personnes sont venues dans la minute qui a suivi en marchant vers nous et sont reparties à leur place.

— Moi je me lève plus, a prévenu papa-intelligent. Je suis sûr que je ne retrouverai pas la place.

Il a ouvert un livre. Salut la foule !

— Ça sent quelque chose, a dit maman.

— Encore ! a dit papa-intelligent.

Je me suis retournée. Nous étions placés exactement à l'endroit des poubelles. Elles débordaient de partout. Mais comme il y avait des plagistes tranquillement allongés tout autour, nous ne les avions tout simplement pas vues.

— Bon, moi j'en ai plein le quotient intellectuel ! a coupé papa-intelligent. Je me tire. Je peux pas rester là. C'est une régression pour moi !

Il a craqué.

— Oh, chochotte ! s'est moquée maman. Monsieur voudrait une plage d'intellectuels !

— Entre une plage d'intellectuels et une plage de VIANDOX, je préfère... a commencé sans finir papa-intelligent.

Quelqu'un lui a coupé la parole. Une femme. Jeune. Elle semblait crever de chaud. Elle n'avait pas de maillot de bain, ou plutôt elle avait que la ficelle qui lui rentrait dans les fesses, d'un côté... et de l'autre, une ficelle aussi qui lui... Je peux pas en dire plus. Ça manquerait de poésie. Enfin, on voyait tous les poils, quand même !

Papa-intelligent n'en croyait pas ses yeux.

La jeune fille à la ficelle est allée s'allonger à côté d'une autre, ficelée de la même manière. Papa-intelligent a pouffé de rire et a demandé à maman si elle avait vu ça et elle n'a pas daigné répondre.

— Après tu diras que nous ne communiquons pas assez ! a fait remarquer papa-intelligent.

APPEL DE LA FAIM

— Chouchoux au CHOCOLAT, chouchoux à la crème, chouchoux aux pommes, demandez mes chouchoux ! chouchouuuuuuuuuuuuuuuuuuux !

Le vendeur de pâtisseries devait avoir soif à force de chanter toutes les deux minutes sa chanson en chouchoux majeurs !

— Papa, tu m'en achètes un ?!

Il a mis la main à la poche et il m'a donné dix francs. Je me suis acheté un chouchou AU CHOCOLAT.

— Donne-m'en un peu, a ri maman.

— Non, j'ai répondu, morte de faim.

— Je plaisantais, elle a souri.

Moi non.

— Je me tire, a redit papa-intelligent hypnotisé par les ficelles. Tu viens avec moi, Mélissa ?

— Je mange mon chouchou. J'ai pas le temps.

Il est parti. Il a oublié d'être cool. Depuis qu'il s'est mis à regarder cette fille à ficelle, il est pas cool du tout.

Je suis restée avec maman. Il y avait encore plus de monde après le départ de papa-intelligent. Maman trouvait que les Français étaient de plus en plus gros. Je trouvais la même chose. Gros et gras. « Comme les Américains », a dit maman. Je ne les connaissais pas assez.

— C'est à cause de ce qu'on mange, elle a dit. Des COCHONNERIES !

Heureusement, j'avais fini mon chouchou.

MENU PLAGISTE : 17 PROPOSITIONS

C'est fou ce qu'on peut voir en un après-midi de plage, le mois d'août à CAP MAUDIT :

1. Un coup de vent a emporté les parasols. Devant mes yeux, un bleu-blanc-rouge s'est planté dans le dos d'un vieux monsieur. Ça saignait de partout.

2. Un ballon de jeunes volleyeurs de plage! (Des frimeurs) a atterri sur la tête d'un dormeur. Il s'est réveillé en sursaut, a pris le ballon entre ses doigts et il lui a enfilé un coup de couteau dans la brioche.

3. Bagarre générale entre les copains du dormeur et les sportifs. On voyait difficilement qui avait le dessus. Les volleyeurs ont assommé le dormeur, qui s'est rendormi, du coup.

4. Le vent s'est levé à nouveau. J'ai pris du sable plein les yeux. C'est pas marrant du tout.

5. J'ai proposé à maman d'aller nous baigner. Elle était d'accord. Une seconde après, nous sommes revenues à nos serviettes : eau gelée. Se faire caguer sur leur autoroute du Soleil pour avoir de l'eau glacée…

6. Au fait, ma glace ? Faut jamais avoir confiance en ses parents.

7. Ces ULM qui passent et repassent au-dessus de nos têtes et qui traînent derrière eux des banderoles pour les supermarchés machins, la feria machin, le parc d'attractions machin, la discothèque machine. Ah, tout ce bruit !

8. Pas marrant d'être pêcheur amateur. Les pompiers ont ramené dans leur civière un monsieur pêcheur au harpon. Je l'ai remarqué à la flèche du harpon qu'il avait plantée dans son pied gauche qu'il avait dû prendre pour un mérou... Il avait l'air de souffrir de sa pêche miraculeuse. PÊCHE AU GROS À CAP MAUDIT !

9. Justement : il y a des bateaux qui proposent des tournées en mer pour la pêche au gros. Gros poissons, bien sûr... ! Eh bien, si celui qui a payé pêche un GROS, s'il le ramène, il doit l'acheter au propriétaire du bateau. C'est lui qui paie pour pêcher et qui paie aussi sa pêche. Il ferait mieux de se payer un bateau, il aurait l'air moins bête !

10. Pendant que je regardais des enfants jouer au bord de l'eau, un gros est venu poser ses fesses près de maman qui lisait. Pas gêné le type. Carrément sur ma serviette ! C'était un dragueur ! Dragueur de mines, oui !

11. Encore une série d'ULM qui font du rase-mottes. Ils volent tous pour des pizzas, ceux-là ! S'ils continuent de voler aussi bas pour qu'on lise bien leurs annonces, ils vont bientôt finir en rase-seins !

12. Le vendeur de chouchoux repasse. Il n'a plus de chouchoux au chocolat. Il dit qu'un collègue va passer et que lui en a encore. Peut-être bien que je me laisserai tenter…

13. Tiens, un vendeur de cacahuètes. Ça donne soif, les cacahuètes sur la plage, non ? Hein, maman ? !

Je ne peux pas arrêter la liste au chiffre 13.

À CAP MAUDIT, ça pourrait porter malheur…

14. J'ai vu un immense-immonde-horrible requin s'approcher de la plage et il allait déchiqueter tous les enfants qui jouaient. Je n'ai rien dit, juste pour voir la réaction de panique de tous ces gens.

15. Ce que j'ai dit en 14 est faux. C'était juste une blague pour détendre l'atmosphère, parce qu'elle est vraiment tendue sur la plage de CAP MAUDIT !

16. J'ai trouvé plein d'affiches pour le NON à Maastricht. C'est écrit que c'est parce que MAASTRICHT C'EST LA PORTE OUVERTE AUX ÉTRANGERS DANS NOTRE PAYS. Ça fait peur, la politique des grands.

Sans numéro : « Maman, et ma glace ? »

Elle dort.

17. Un véhicule de secours de plage passe au ralenti en criant un message dans son haut-parleur : « LE PETIT XAVIER RECHERCHE SES PARENTS ! LE PETIT XAVIER RECHERCHE SES PARENTS ! » Et là, juste devant moi, cette dame qui se lève et qui a oublié de remettre son soutien-gorge sur ses énormes seins et qui dit, toute stupéfaite : « Mais c'est mon

Xavier ! Mais ? Il avait disparu ? Alors ça c'est la meilleure ! » Et tranquillement, elle va récupérer son rejeton. Faut rester cool, à CAP MAUDIT !

— Maman, on s'en va ? J'ai faim…

Elle ouvre un œil, l'autre, regarde autour d'elle.

Des gros seins, des grosses fesses, des gros ventres, des ficelles partout.

Elle dit : OUI.

Nous plions serviette.

Aussitôt des gens qui attendaient un bout d'oasis libre sautent sur notre place.

Casés, les plagistes !

Ils nous sourient pour nous remercier de partir si tôt.

Nous marchons vers la maison-blockhaus. Heureusement que les mamans ont de la mémoire. J'ai droit à :

A) des frites ;
B) du ketchup ;
C) une glace pistache-chocolat ;
D) un Coca (mais faut pas le dire à papa-intelligent).

Maman aussi a acheté quelque chose.

Un magazine féminin. LES FRANÇAISES ET LE SEXE.

Nous sommes rentrées à la maison-blockhaus. Papa-intelligent faisait la sieste. Il était

cool. Je n'avais absolument rien à faire dans la cour de béton. Jouer avec les fourmis ?

Alors j'ai ramassé des escargots. Je les ai enfermés dans un bocal. Il y en avait beaucoup. Je suis allée les déposer dans la voiture garée dehors. J'ai bien refermé toutes les portes : d'abord celles de devant et à la fin celles de derrière. Impeccable.

Personne ne nous volera pendant la nuit.

La soirée a été bonne. Papa-intelligent a bu l'apéritif tout seul. Maman fait un régime. Puis elle est allée à la cuisine préparer une salade de tomates à la mozzarella ! Elle adore les repas légers.

Puis nous nous sommes mis à table, dans la cour. Au début, ça sentait bon le bougainvillier… puis progressivement nous est venue une odeur connue, quelque chose de la mer, avec des nageoires et des écailles plein partout…

— Tiens, les voisins font des sardines grillées, a commenté mon père.

En quelques minutes, une épaisse fumée

d'écailles calcinées est venue taquiner notre pauvre salade de tomates mozzarellée. C'est à peine si on pouvait se voir. En attendant que les sardines soient prêtes, les voisins se sont offert une partie de boules, devant notre cour béton. Il y avait de l'ambiance dans la partie, et du « pastisseu », aussi.

— Oh, Mauriceu, tu payeu leu passeu tisseu !

Papa-intelligent et maman qui se faisaient face ont tout à coup explosé de rire en se regardant. Ils n'arrivaient plus à s'arrêter. J'aimais bien les voir comme ça, c'est cool. Je n'ai pas bien compris pourquoi ils étaient soudainement heureux, mais j'ai ri moi aussi. Maman m'a prise dans ses bras pour me faire participer. Super mam'.

Nous avons rentré la table et fini à l'intérieur. Mes parents ont ouvert des bouquins et se sont noyés dedans. Moi je devais aller me coucher. Maman m'a raconté une histoire.

Le lendemain matin, je me suis réveillée et tout était rangé. Nous étions prêts à partir.

— Tu as pas vu les clés de la voiture ? a demandé maman.

Elle voulait aller mettre les bagages à l'intérieur.

— Je les ai laissées au contact, a dit papa en finissant son café.

Maman est partie avec une valise vers la voiture et puis elle est revenue deux minutes plus tard.

— Les portes sont fermées et les clés sont au contact, elle a dit sans respirer.

J'ai maudit les escargots.

Papa-intelligent a dû casser la vitre latérale arrière pour récupérer ses clés. Mais il savait maintenant que nous allions quitter CAP MAUDIT et il était très très cool. Il m'a dit en latin : « *Errare humanum est !* » En patois : « L'erreur est humaine. »

Nous avons fui CAP MAUDIT à l'aube. Les voisins ont dû nous prendre pour des fous.

L'année prochaine, nous avons décidé d'aller en Bretagne. Il paraît que l'eau de la mer est tellement froide qu'il n'y a pas un chat sur les plages. Et puis il pleut toujours, c'est bon pour la poésie.

À CAP BÉNI, si ça existe.

Azouz Begag
aux Éditions du Seuil

Le Gone du Chaâba, coll. « Point-Virgule », 1986

Béni ou le Paradis privé, coll. « Point-Virgule », 1989

Les Voleurs d'écritures, coll. « Petit Point », 1990

L'Ilet-aux-Vents, Seuil, coll. « Point-Virgule », 1992

Les Tireurs d'étoiles, Seuil, coll. « Petit Point », 1992

à La Joie de Lire

La Force du berger, 1991

Jordi ou le Rayon perdu, 1992

Le Temps des villages, 1993

Catherine Louis
aux Éditions du Seuil

Les Voleurs d'écritures, coll. « Petit Point », 1990

Les Tireurs d'étoiles, coll. « Petit Point », 1992

Grégor le microbe, 1992

Mozart et moi, coll. « Petit Point », 1992

à La Joie de Lire

Mon journal à l'hôpital, 1990

Mon journal en avion, 1992

Le Temps des villages, 1993

Mon journal à la poste, 1994

Dans la collection « Petit Point Loufoque »

La Nuit des fantômes, Julien Green
Les Voleurs d'écritures, Azouz Begag, ill. de Catherine Louis
Alice aux pays des lettres, Roland Topor
T'ar ta gueule à la récré, Marina Yaguello, ill. de Nestor Salas
Le Couvent de sœur Isabelle, Régine Deforges
Léa chez les diables, Régine Deforges
Un chat bien tranquille, Michael Foreman
L'Eléphant d'Onésime, Marilyn Sadler, ill. de Roger Bollen
Cochon, Cochon et Cie, Tony Ross
Léa et les fantômes, Régine Deforges
Je le déteste, mon nounours, David McKee
La Planète d'Arthur, Satoshi Kitamura
Orthographe 1er, roi sans fautes, Jean-Pierre Verheggen, ill. de Nestor Salas
Brouillon, le marchand de rêves, Nestor Salas
Gare au vétérinaire, Babette Cole
C'est la faute à Edouard, Tony Ross
L'Histoire de Titi la Terreur, Jeanne Willis
Mozart et moi, Véronique Borg, ill. de Catherine Louis
La Colère d'Arthur, Hiawyn Oram, ill. de Satoshi Kitamura
La Machine d'Onésime, Marilyn Sadler, ill. de Roger Bollen
Saisons de chats, Josette Andress
Sacrée poulette, Josette Andress
Les Tireurs d'étoiles, Azouz Begag, ill. de Josette Andress

Le Problème avec mon père, Babette Cole
Papa pirate, Evelyne Reberg, ill. de Fabienne Moreau
Vingt Secrets pour apercevoir les fées, Philippe Dorin, ill. d'Anita Leclercq
Quand j'étais devenu grand, Josette Andress
Pinocchio botté, Luigi Malerba, ill. de Suzanne Berner
Les Diabolo-Doc, Anne Iacta, ill. d'Isabelle Jarrige
Un pruneau dans la citrouille !, Martine Dorra, ill. de Daniel Maja
Les Aventures de l'âne Khâl, Driss Chraïbi, ill. de Josette Andress
J'adore, je déteste, Jean-Claude Castelli
Ces deux-là, suivi de Celui qui aime les poires, Clarice
Madame Bouldemite et son fantôme, Anne Débarède, ill. de Josette Andress
Chiche-Mirepoix contre Mirepoix-Chiche, Gérard Moncomble, ill. de Jean-Louis Besson
Le Merveilleux Fil à tricoter de Balthazar Foulfoul, Christine Durand, ill. de Josette Andress
L'Histoire de Monsieur et Madame, Bernard Grandjean
L'Histoire de Kalina et Moko, Gérard et Roch Chaliand, ill. de Josette Andress
Histoire de Zoé qui s'était trop déshabillée, Evelyne Reberg, ill. de Puig Rosado
Une petite sœur pour Kiki, Jennifer Barrett
Barka, la reine des radines, Jan Werich, ill. de Quentin Blake
Les Matous filous, Peter Haswell
En voilà des histoires !, Marie-Aude Murail, ill. de Cabu
Je t'en prie Gregory !, Nidra Poller, ill. de Devis Grebu
La Petite Vague qui avait le mal de mer, Renaud, ill. de Grill
Les Polymorphes, Michel Rio
Le Fantôme de l'école, Hazel Townson, ill. de Tony Ross
Norbert et les Mathématiques, Emmanuel Pierre